EXAMEN

HISTORIQUE ET LITTÉRAIRE

D'AGRIPPINE.

Yf 9377

EXAMEN

HISTORIQUE ET LITTÉRAIRE

D'AGRIPPINE

TRAGÉDIE EN CINQ ACTES ET EN VERS

DE M. LE MARQUIS DE LA ROCHEFOUCAULD-LIANCOURT,

PAR M. EUGÈNE FORQUERAY.

PARIS,

IMPRIMERIE DE A. HENRY,

8, rue Git-le-Cœur.

—

1843

EXAMEN

HISTORIQUE ET LITTÉRAIRE

D'AGRIPPINE.

Certes, ce n'est pas chose commune de nos jours, qu'une œuvre consciencieuse, de bon aloi, et marquée au coin de cette honnêteté littéraire qui distinguait les écrivains du grand siècle. Parmi cette foule de romans et de drames que depuis vingt ans, en France, les hommes les mieux doués, les intelligences les plus heureuses, se chargent de fournir, sans relâche, à la curiosité populaire, la critique cherche en vain à saisir au passage un écrit de valeur sur lequel elle puisse s'arrêter et quelque temps s'établir : drames et romans se font eux-mêmes justice ; ils passent, les uns chassés par les autres, et sur ce fond mouvant et sans cesse renouvelé, la critique est réduite à gémir de la fécondité effrénée de nos esprits improvisateurs. Depuis que l'art s'est fait périodique, depuis que l'on écrit à échéance, pour ainsi dire, et que la littérature est devenue une espèce de rente quotidienne que le talent et le génie s'usent, sans répit, à servir à jour fixe, il est rare de rencontrer une œuvre portant l'empreinte de l'étude et de la méditation, exécutée avec cette antique probité d'auteur qui se respecte trop pour publier l'écrit où il voit encore des défauts et des imperfections, qui respecte trop le public pour lui jeter intrépidement ses impromptus et ses brouillons. Il y a un sentiment délicat dont nos gens de lettres ont laissé périr le germe ; c'est cette espèce de crainte et de fierté bien placée que montraient nos grands hommes il y a deux cents ans, par amour pour leurs œuvres, et que je comparerais volontiers à cette innocente coquetterie d'une mère, qui ne laisse voir ses enfants que bien soignés et dans tout leur avantage. Les hommes du XVIIe siècle ont fait de grandes choses, parce qu'ils avaient le noble orgueil qui rend le poète difficile pour lui-même, et la lenteur opiniâtre qui féconde et mûrit. Ceux du nôtre ont trop peu d'amour-propre; la tragédie née d'hier, la strophe éclose de ce matin, ils la livrent au public avec une insouciance du succès, un oubli d'eux-mêmes, qui montre vraiment trop de désintéressement au point de vue de la gloire. Aussi, que le poète ait suivi Racine, ou qu'il ait adopté Shakespeare pour guide; que sa pensée se développe, marchant à pas contenus et mesurés sous l'ample et pompeux vêtement de l'art classique, ou qu'elle aille plus vive, plus dégagée, plus alerte sous la forme moderne, il faut le remercier quand il nous donne une œuvre sérieuse, faite avec conviction et avec bonne foi. Et puis, à cette époque où le drame vit de passions exagérées et de situations hors nature, où l'art du dramaturge est réduit au facile emploi de ces grossiers effets de scène qui dispensent de beautés plus nobles, n'y a-t-il pas une certaine hardiesse à venir présenter au public une simple étude de l'antiquité, en vers qui se scandent, une tragédie où toutes les unités sont scrupuleusement observées, où toutes les scènes, depuis la première, qui commence par l'exposition de rigueur, jusqu'à la dernière, qui se termine par le meurtre traditionnel du méchant, et la prophétie finale, se passent dans les vingt-quatre heures voulues, sous le péristyle du temple; où tout marche sans fracas,

sans emportement, de cette allure presque toujours modérée, qui est le caractère général de l'ancien théâtre. Vous y blâmerez peut-être une fidélité rétrograde aux préceptes de Boileau. Mais
n'y a-t-il pas plutôt sous ce rigide asservissement
aux règles antiques une certaine audace réaction-
naire? Ne serait-ce pas une insurrection contre
la royauté encore mal assise du drame? A coup
sûr, il y a là de la sincérité et de la conviction ; et
c'est une bonne fortune pour la critique d'avoir
affaire à des poètes qui prennent leur œuvre au
sérieux.

S'il faut dire d'abord notre avis sur les traditions littéraires qui ont guidé l'auteur d'*Agrippine*, prendre parti entre le drame et la tragédie,
nous dirons qu'il y a, ce nous semble, plus d'a-
venir dans le drame moderne que dans la tragédie
antique, précisément parce que l'une est antique
et que l'autre est moderne. La tragédie a répondu
aux idées et satisfait aux besoins d'une époque ;
c'est justement pour cette raison qu'elle ne peut
cadrer exactement avec les besoins et les idées
d'une autre. Ainsi, ce serait une grave erreur que
de croire à son immortalité sur la foi de ses an-
ciens triomphes : son passé est la plus mavaise ga-
rantie de son avenir. Quand on songe à ce siècle,

où le talent et le génie, forcément éloignés des affaires publiques, se trouvaient entraînés dans le mouvement littéraire, et où le poète était si sévèrement tancé quand il voulait toucher aux choses du gouvernement, qu'il s'en allait dans sa retraite composer une dernière tragédie et mourir ; quand on pense à ce calme universel des esprits, à cette vaste discipline d'une société entière sous un grand Roi, à cette paix des intelligences magnifique et salutaire à l'art, on conçoit qu'à cette époque la poésie ait paru sous sa forme la plus haute, la plus pure, la plus dégagée des intérêts du jour. Aussi, la tragédie du XVIIe siècle est-elle la peinture idéale du cœur humain. Elle admet l'action sans doute, mais elle semble la subir comme une nécessité, et son plus complet représentant tente l'élégie de *Bérénice*, pour s'y soustraire. L'art classique n'a pris dans l'homme pour sujet d'étude que le côté absolu et éternel. Pour lui, le nom, l'individu n'est rien, le caractère est tout, et il sacrifie constamment le premier au second. Quelle preuve plus positive de cette tendance idéale, que le nom seul des personnages qu'il a immortalisés ? *Hermione*, *Andromaque*, *Néron*, *Britannicus*, *Horace*, *Nicomède*, *Phèdre*, nous sont-ils attachés par des liens politiques ou religieux ? Nullement. Ils ne tiennent à nous que parce que leurs

passions sont les nôtres : l'art classique les choisit
exprès dans les retraites de l'histoire, où nous ne
les voyons plus qu'à travers un nuage, pour que
notre œil soit moins choqué de la physionomie
idéale qu'il leur prête ; et quand, par hasard, il
ose prendre son héros dans les temps modernes,
il a bien soin de l'aller chercher le plus loin possible, sur les rives du Bosphore, et compense « la
proximité des temps par l'éloignement des pays. »
« Car les personnages tragiques doivent être regar-
dés d'un autre œil que nous ne regardons d'ordinaire les personnages que nous avons vus de près. »
(Racine, préface de *Bajazet*.) Voilà bien une poésie
franchement idéale. Mais peut-elle également con-
venir à toutes les époques ? A une société active,
turbulente, *mersa civilibus undis*, à des esprits
préoccupés, distraits, mêlés bruyamment aux affaires, ne faut-il pas de l'action, et de l'action
compliquée à toute force ? De là, le drame ; son
règne est légitime comme l'a été celui de la tragédie, puisqu'il est le fruit de notre siècle. Au
point de vue de l'art absolu, peut-être l'époque
a-t-elle tort. Peut-être ce goût démesuré de l'intrigue et des passions violentes a-t-il dégradé l'art,
altéré sa majestueuse beauté, ses formes pures et
sévères, et provoqué chez nous la décadence dramatique. Ou bien, le drame moderne est-il une

forme plus complète que la tragédie, qui réunira
un jour l'action dont nos révolutions modernes
nous ont fait un besoin, et la peinture du cœur
qui est de tous les temps. Ces vastes problèmes
excèderaient les limites de notre article. Quoi
qu'il en soit, il est possible que les essais du drame
moderne aient inspiré à M. de La Rochefoucauld
peu de foi dans ses destinées, et nous concevons
qu'il ait pu faire une tragédie classique. Accep-
tons-la donc comme telle, et mettons-nous de
bonne foi sur son terrain.

Agrippine est le prologue, la préface de Britannicus. C'est la mise en scène de ce beau récit
où la mère de Néron montre à son fils le chemin
par où elle l'a conduit à l'empire, chemin tout
sanglant, tout rempli de crimes et d'infamies.
Dans Britannicus, on voit errer autour d'Agrippine le fantôme de l'époux empoisonné, mais
c'est la mère ambitieuse qui est peinte ; Néron se
contraint, mais il n'est déjà plus vertueux, puisqu'il hésite entre la vertu et le crime. Dans son
Agrippine, M. de La Rochefoucauld nous a res-
suscité le vieil empereur Claude, caractère qu'il
a tracé avec originalité ; il a voulu nous montrer
non-seulement la mère ambitieuse, mais l'épouse
criminelle, et nous faire assister à ce moment so-

lennel où Domitius devient Néron. Le sujet est l'adoption de ce prince. Claude veut donner un appui au jeune Britannicus qui va bientôt régner; il a choisi Domitius, le fils d'Agrippine et de son premier époux : mais Agrippine, avant de souhaiter le lit de Claude, avait été unie à Caïus, fils de Caligula, et celui-ci est à Rome. Tout consumé d'amour, en proie au désespoir, il a cherché la paix et l'isolement dans le sanctuaire des dieux. Agrippine profite de sa passion, le force à assassiner Claude, puis le livre à la vengeance du peuple. Débarrassée de son époux et de son complice, elle va donc enfin régner ! Non : *le crime est impuissant;* c'est la vérité que M. de La Rochefoucauld a voulu mettre en lumière. Le monstre impérial se révèle :

Romains, je suis Néron, seul nom que je veux prendre,

s'écrie Domitius, et quand il paraît devant sa mère, couvert de la pourpre, le front ceint de la couronne de Claude, Agrippine comprend qu'elle n'est plus maîtresse.

Voilà l'action : examinons maintenant les caractères qu'elle va mettre en jeu.

Claude n'était pas facile à traiter. Il avait con-

tre lui le ridicule de son avènement. Le jour que
Chéréas assassinait Caligula, quelques soldats
parcourant le palais, aperçurent un homme qui
tremblait de peur, caché derrière une tapisserie :
il promit de l'or, et les soldats le portèrent en
triomphe au Champ de Mars, où il fut proclamé
empereur. Cet homme, c'était Claude. Il avait
aussi contre lui je ne sais quelles infortunes con-
jugales, et une incommode réputation d'époux
malheureux ; car il avait, disait-on, passé sa vie
à punir les désordres de ses femmes. Aussi n'était-
il pas aisé de rester dans la vérité historique en
conservant une physionomie tragique au succes-
seur de Caligula. L'auteur d'Agrippine s'est tiré
de la difficulté avec bonheur. Il a fait de Claude
un empereur sage et bon : ce n'est pas un personnage héroïque, mais il intéresse. Il parle avec
tant d'orgueil des espérances que donne Domitius ! avec tant de ravissement de son union si
douce avec Agrippine ! C'est un patriarche qui
s'éteint tranquille et confiant au milieu des sour-
des menées de la cour des Césars ; un père de
famille qui repose avec bonheur sa vue sur son
fils et sur sa femme, quand l'une s'appelle Agrippine, et l'autre Néron ! Et puis, c'est un homme
d'un cœur généreux ; il est simple et bon, mais
n'allez pas l'outrager, car alors il a des éclairs

d'orgueil impérial ! Il renvoie au temple le prêtre insolent qui ose être témoin des scandales de sa maison , et lui révéler la honte de son épouse : puis, quand celle-ci vient de lui déclarer la guerre, il embrasse son fils, et va le couronner devant les dieux . Claude est plein de sentiments délicats et de bonté pénétrante. On aime à l'entendre dire :

Quand un vieillard se dit qu'il n'a fait que du bien ,
Il doit dormir en paix, et ne redouter rien.

Agrippine n'est, peut-être pas aussi complète. On voudrait voir un peu plus l'épouse indomptable de Germanicus, fille, femme, sœur et mère d'empereurs ! Il faut voir dans Racine avec quel admirable mépris elle traite le tribun Burrhus ! avec quel emportement elle voit tomber sa puissance ! avec quelle hauteur elle s'accuse devant Néron ! L'Agrippine de M. de La Rochefoucauld ne reproduit pas dans son entier ce magnifique type d'ambitieux. Elle ne s'emporte pas : elle ruse. Pas d'éclats, pas de ces douloureux déchirements d'orgueil qui la font si belle et si dramatique dans *Britannicus ;* mais beaucoup d'hypocrisie et d'adresse. Son rôle fourmille d'intentions perfides ; mais elle ne montre pas assez de ces élans aveugles d'ambition , de cette rage impé-

tueuse de pouvoir qui donnent une sorte de no-
blesse et de grandeur aux crimes.

Agrippine a dans ses projets un adversaire
redoutable. Le pontife est attaché à Claude comme
au mandataire des dieux , et respecte en lui ces
dieux qui l'ont mis à la tête de l'empire. Il n'y a
plus qu'un crime entre Agrippine et l'empereur : le
vieux prêtre s'est mis courageusement entre l'as-
sassin et la victime. Sénèque, le courtisan philosophe, prend en pitié toutes ces vaines intrigues
qui s'agitent autour de lui. Est-il à Claude ou à
Agrippine? Il est à Rome, c'est-à--dire qu'il n'est
à personne : c'est là un genre de patriotisme. Que
les autres agissent : lui,

> Impassible et soumis, il suit l'ordre des cieux :
> Douter de l'avenir, c'est faire injure aux dieux.

Le prêtre adore des dieux qui veillent : il s'en
fait le ministre ; rien de mieux. Le dieu de Sénèque est le destin ; il attend ses décrets pour
prendre un parti , et il attend sans s'émouvoir.
La fortune du courtisan est ainsi parfaitement à
couvert sous le système du philosophe. Aussi,
point d'inutiles et impolitiques résistances. Agrippine veut acheter le trône par le meurtre de son

époux : Sénèque se gardera bien de parler de vertu à la cour; la vertu, il s'en sert pour faire de beaux livres. César veut assassiner sa mère : que César assassine, son maître se couvre le visage de son manteau. Sénèque a l'oreille discrète et la bouche prudente. Agrippine l'aime autant qu'elle peut aimer, c'est-à-dire qu'elle ne songe pas à le faire mourir : elle a reconnu de tout temps en lui :

L'indulgente vertu nécessaire à la cour.

Ce caractère est finement observé, analysé avec délicatesse. Sénèque n'est pas un courtisan comme il y en a tant : il appuie sa conduite politique d'une théorie philosophique, et c'est ce qui donne, dans la pièce de M. de La Rochefoucauld, une originalité piquante, une réalité toute historique à ce caractère. Du reste, on conçoit qu'il ait été amené là, et qu'après avoir vu les dieux de Rome donner à sa patrie Tibère et Caligula, il se repose dans un fatalisme stoïque, qui le dispense de prendre une part active aux affaires, et le prépare à tous les empereurs.

Caïus, le second époux d'Agrippine, a une physionomie toute orestienne : c'est la même des-

tinée errante, la même mélancolie sombre, éclai-
rée de temps en temps par les subites lueurs d'un
amour ardent et d'un désespoir furieux.

Domitius, le jeune fils d'Agrippine, nous a paru
le plus péniblement conçu. Sans doute, le passage
de la vertu au vice est insaisissable, mais encore est-
il nécessaire de l'indiquer. C'est ce que M. de la Rochefoucauld a tenté. Son œuvre abonde en savantes
analyses du cœur, en nuances délicates de sentiments : ici il a senti la difficulté. Domitius, qui,
pendant les quatre premiers actes, est le meilleur
jeune homme du monde, qui montre le naturel le
plus heureux, le cœur le plus aimant, se trouve au
cinquième, d'abord étonné de se voir porté à l'empire, puis hésitant de l'accepter, puis croyant qu'il
est de son honneur de ne pas le refuser, et alors,
méditant sur tous les crimes qui l'entourent, il devient tyran ; il ouvre sa jeune ame à toutes les vo-
luptés sanglantes, et s'écrie avec ravissement : Ah !
qu'il est séduisant ce pouvoir absolu ! La transfor-
mation est un peu prompte : c'est un des défauts,
ou peut-être un des privilèges de l'art du théâtre.

Néanmoins, la tragédie d'*Agrippine* est une
belle et consciencieuse étude ; elle est toute im-
prégnée d'antiquité. Claude, Agrippine, Sénèque,
sont de vrais Romains de l'empire ; cette cour est

2

bien la cour des Césars ; l'empereur assassiné, l'épouse criminelle, le flatteur philosophe et le pontife rigide, rien n'y manque ; pas même l'empoisonneuse, dont nous parlerons tout-à-l'heure. Mais la pièce est antique à la manière sage et prudente du XVIIe siècle. J'ai bien peur que cet éloge ne soit la condamnation d'*Agrippine*, aux yeux des partisans exclusifs de l'art moderne ; il est maintenant de bon goût de refuser toute valeur historique aux pièces de l'ancien théâtre, et de ne leur accorder, tout au plus, que le mérite de la peinture morale. Selon nous, rien de plus exagéré. Sans doute, il faut l'avouer, la tendance idéale de l'art classique dans le drame, doit nuire un peu à la couleur historique des personnages ; et comme il semble viser toujours à réaliser un type abstrait, il s'ensuit qu'il peint admirablement l'amante et la mère, mais peut-être pas assez l'*Hermione* et l'*Andromaque* des temps héroïques. D'un autre côté, comme on est toujours de son temps, à côté du beau éternel, nous devons reconnaître les concessions nécessaires au goût du jour ; aussi nous abandonnons volontiers à la critique quelques anachronismes de politesse et de galanterie, les fadeurs d'Achille et les madrigaux de Pyrrhus ; il n'est que trop vrai que Racine a quelquefois trop orné de fleurs ces colosses de

l'antiquité, comme disait Montesquieu de Tite-
Live. Mais à part quelques taches passagères et
inévitables, Racine a fait de véritables chefs-
d'œuvre sous le rapport de la couleur locale : lisez
Britannicus; il est vrai qu'il l'a fait moins con-
sister dans un placage artificiel de menus détails
et de particularités inutiles, que dans la peinture
du caractère et des passions propres à ces personnages. Dans l'*Agrippine* de M. de la Rochefoucauld, Claude et Sénèque sont vivants, mais c'est
la vie réelle, la vie intérieure qui les anime, celle
que donne l'analyse de l'ame. Le drame classique
éclaire ses personnages en dedans, pour ainsi dire;
peu lui importe de vous montrer de quelle manière ils marchent, il veut vous faire voir comme
ils pensent et comme ils sentent; ce qui l'intéresse,
ce ne sont pas les plis du vêtement et les mou-
vements du corps, c'est le cœur, abîme curieux à
sonder, fécond en sentiments délicats à saisir, et
dont il aime à nous étaler l'analyse dans cette
poésie ample, calme et pleine qui lui convient si
bien. Or, c'est là une œuvre tout autrement difficile, que de rassembler à la hâte les traits exté-
rieurs de son personnage, d'en prendre le signa-
lement, pour ainsi dire, et de créer, au lieu d'un
caractère moral, un portrait purement physique.
Un des plus beaux titres de gloire du XIXe siècle,

c'est d'avoir découvert à peu près l'histoire, ou au moins d'avoir saisi mieux qu'on ne l'avait fait jusqu'alors, l'originalité tranchée, la couleur distinctive, le côté pittoresque des hommes et des choses. Mais en possession de ces nouvelles richesses, il s'est un peu conduit comme un parvenu, les jetant à tort et à travers, brûlant d'en faire parade à tout propos ; on croit voir un enfant qui barbouille, enlumine tout, pour avoir le plaisir d'étendre son beau vermillon et son azur éclatant. Après tout, c'est la conséquence inévitable d'une révolution littéraire ; après la tragédie classique, peut-être un peu trop sobre de particularités locales et de détails individuels, est venu le drame qui prodigue à flots la couleur historique : c'est la loi des intelligences. Au XVIe siècle, vous savez comment la poésie s'engoua du beau manteau de l'antiquité exhumée, se chargea sans goût de ces ornements qui n'étaient pas faits pour elle, et comment le génie paya comme toujours son tribut à cette manie passagère. Eh bien ! le goût de l'antique porté à l'excès sous Ronsart, se modéra, s'épura, et produisit, au siècle suivant, les chefs-d'œuvre de Corneille et de Racine. Comme toujours, après l'abus, l'usage. Espérons donc que les richesses historiques de celui-ci, après la première chaleur du pillage, seront distri-

buées avec mesure, employées avec modération ;
et peut-être ces grands travaux historiques con-
tiennent-ils les destinées de notre littérature ! Il
n'est pas impossible que la poésie se retrempe
dans l'histoire, qu'elle renaisse un jour de l'éru-
dition, et qu'après ce premier moment de recher-
ches et de critique, le sens vif et pénétrant des
choses passées ne réveille tout-à-fait le souffle poétique qui anime déjà les récits mérovingiens de
Notre-Dame de Paris? Toujours est-il qu'au
théâtre, nous n'en sommes encore qu'à l'abus
immodéré. La tragédie n'était pas assez vraie
historiquement ; le drame est trop vrai, c'est-à-
dire qu'il ne l'est plus ; nos héros de théâtre sont,
en général, la charge de leur portrait. Vous
avez découvert le vrai modèle, la statue du personnage est devant vos yeux ; oui, mais vous
exagérez les contours, vous donnez trop de
saillie aux muscles, vous faites durement trancher
l'ombre à côté de la lumière ; si votre modèle rit,
vous le faites grimacer ; si ses yeux brillent, vous
les faites flamboyer ; s'il ouvre la bouche pour
crier, vous la lui ouvrez pour rugir ; de telle sorte
que votre portrait est ressemblant, mais comme
est ressemblante une caricature.

Voilà ce que nous avions à dire. Quant à la

partie dramatique, au premier acte est l'exposition, rien de mieux : mais pourquoi l'action ne s'engage-t-elle pas ? Les deux premiers actes nous montrent sans doute l'esprit et les dispositions de chacun, mais ils ne les font pas agir ; les personnages conversent et méditent, mais ils n'exécutent pas. On ne sait s'ils vont prolonger indéfiniment le dialogue, ou commencer enfin l'action. L'incertitude ne cesse qu'aux derniers vers du second acte :

Sois calme, crois, attends,
Je te rappellerai lorsqu'il en sera temps.

dit Agrippine à Caïus, et l'on voit qu'il va se passer quelque chose : mais il y a longtemps que le spectateur attend.

Ce n'est pas tout ; Caïus a raison d'attendre et, partant, d'espérer ; mais pourquoi va-t-il faire part de ses espérances au grand-prêtre dévoué à Claude ? Il serait plus adroit de ne rien dire : c'est sa passion qui le trouble et le rend indiscret. Il est vrai aussi que si les soupçons n'étaient pas éveillés, Claude mourrait sans péripétie. Mais aurait-il fallu faire reposer l'action sur une confidence aussi peu motivée ? C'est donc au troisième acte qu'elle commence ; mais à partir de ce moment, elle marche sans s'arrêter, et toute simple, toute nue qu'elle est pour ainsi dire, elle est parfois d'un effet dramatique et saisissant. Agrippine tuera-t-elle Claude ? Triomphera-t-elle de l'active surveillance du pontife ? Voilà toute la question, et elle se dénoue sans scènes inutiles, sans épisodes oiseux. Il y a même un peu trop de sobriété dans le développement de l'intrigue ; l'auteur d'Agrippine se contient toujours avec une sévérité impitoyable dans les plus justes limites de son action : aussi est-ce avec plaisir que l'on voit arriver, à la fin du quatrième acte, un nouveau personnage, dont nous n'avons encore rien dit, et qui est peut-être la création la plus originale de M. de La Rochefoucauld. Nous voulons parler de Locuste. C'est le côté sombre et terrible de l'ouvrage. Au moment où Agrippine hésite à consommer son œuvre, Locuste arrive sur la scène, tenant en main la coupe mortelle. L'empoisonneuse est effrayante de sang-froid, et en même temps d'entrain pour le crime. Elle vous entretient de son métier avec un cynisme atroce. Ici, où elle vous parle, elle a fourni le poison au frère d'Agrippine, puis à sa sœur, puis à Liville ; à deux pas, au temple, elle l'a offert à Tibère pour empoisonner le père d'Agrippine. Ce sont, à chaque instant, des réminiscences de meurtres :

Agrippine frissonne : c'est ainsi que frissonnait Livie , quand je lui ai donné les figues qui ont empoisonné Auguste , dit-elle. Et puis , n'allez pas la prendre pour une empoisonneuse vulgaire ! Son rôle est plus relevé ; c'est une Euménide. Elle tue, mais au milieu de cette cour infâme , où le meurtre ne peut guère tomber que sur un coupable ; quand elle tue, elle punit :

La justice des dieux vient souvent des enfers !

Aujourd'hui , elle aide Agrippine à empoisonner Claude ; mais demain , quand Néron lui fera signe , elle est prête à empoisonner Agrippine ; et elle ne le lui cache pas. Son rôle est de combattre le crime par le crime ; et elle s'en acquitte avec une fidélité consciencieuse qui fait frémir.

Voilà, certes, des éléments dramatiques : aussi M. de La Rochefoucauld a-t-il souvent réussi à nous attacher vivement. Mais ce qu'on doit louer avant tout dans Agrippine, c'est la beauté morale de l'ouvrage. Il n'a pas cherché à mettre l'intérêt dans le triomphe des mauvaises passions, et dans le succès désespérant du mal : ce qu'il a voulu montrer, c'est l'impuissance du crime. On peut ne pas adopter en entier le système littéraire de M. de La Rochefoucauld , mais on ne peut que lui savoir gré d'avoir fait une œuvre morale, chose assez rare de nos jours.

Les idées de vertu, de devoir, ont été pour lui presque l'unique source de pathétique : le vieux pontife a une ardeur d'honnêteté qui réchauffe le cœur ; Locuste doit en partie l'effet qu'elle produit à son rôle de réparatrice vengeresse ; Agrippine est belle, quand elle s'écrie à la vue de la coupe :

Quand on médite un crime, à l'instant il arrive....

On voit que M. de La Rochefoucauld s'était fait la partie difficile. Une pièce classique ! une tragédie où il n'y a qu'une seule mort, et que cette mort soit le châtiment du crime ! Il y avait certainement du courage à concevoir ainsi cette tragédie, et à venir la présenter au public avec un seul meurtre pour cinq actes. On la jouait après l'*Aventure suédoise,* qui en a deux pour un seul. Il faut l'avouer, et la chose est triste à dire, l'instinct sanguinaire que quelques phrénologues ont palpé chez l'homme, s'est cruellement développé chez le public français. Aussi bien, comment en serait-il autrement ? Lorsque chaque bourgeois assiste tous les matins, avant son déjeuner, en lisant le feuilleton de son journal, à ces mystérieux tableaux, bien remplis de sang, bien fournis de crimes, comment voulez-vous qu'il se contente le soir de cette simple nourriture d'enfant, qu'on appelle une tragédie classique? Il serait curieux de voir combien il se commet journellement de meurtres, d'incestes, d'adultères dans la littérature courante. Néanmoins, il est des instants où le bon sens public se relève en goûtant des œuvres sérieuses et morales, et nous félicitons M. de La Rochefoucauld de lui en avoir fourni l'occasion.

« J'ai désiré que ma tragédie fût historique et morale, » dit M. de La Rochefoucauld, dans la courte préface qu'il a placée en tête de sa tragédie. Sous ces deux points de vue, il a complètement, réussi et a donné un glorieux exemple. Quant aux traditions littéraires qui l'ont guidé, nous ne les adoptons qu'à moitié. Abroger entièrement la poétique du dix-septième siècle serait une absurdité, car il est nécessaire qu'elle soit en quelques points, comme toute poétique, la manifestation éternelle du sens commun appliqué aux choses de l'art. D'un autre côté, l'embrasser dans son ensemble; nous paraît une faute, car il est nécessaire aussi que le siècle où elle est née lui ait donné son empreinte, c'est-à-dire qu'il l'ait un peu marquée de ses travers passagers et de ses préoccupations particulières. L'art, qu'on me passe la comparaison, c'est la pièce de monnaie, qui est toujours au fond la même, et qui change perpétuellement d'effigie. On en a gardé le métal éternellement pur; mais les siècles et les règnes lui ont donné en passant leur coup de balancier. Il y a donc en lui du durable et de l'éphémère, du variable et de l'éternel. Mais quelle main assez ferme se chargera de déterminer dans l'art classique ce que l'on doit retenir, ce que l'on doit rejeter? Quel éclectique assez prudent, assez impartial, nous fera une poétique moderne, en dégageant de l'art antique et de l'art actuel ce que l'un et l'autre ont trouvé de bon et de vrai? Quel poète nous trouvera un compromis entre l'allure pompeuse, calme, mais un peu monotone de l'ancien théâtre, et la marche saccadée, précipitée, haletante du théâtre moderne; entre cette simple *tristesse majestueuse* dont parle Racine, et qui respire dans ses œuvres, et les passions désordonnées, tempestueuses du drame ultra-shakespearien ?

Un des principaux torts de la tragédie classique, c'est de ne révéler qu'à peu de monde le secret de ses beautés intimes. Les acteurs de l'Odéon ne sont pas en général du nombre des privilégiés. Les seuls rôles bien compris sont ceux de Claude (Bouchet), et de Locuste (Dorval); aussi le premier est-il admirable de sagesse et de vérité, et la seconde est très-dramatique; Agrippine (Mlle Dubois) n'a pas toujours la majesté nécessaire; Domitius (Milon) n'est pas toujours assez à la hauteur du vers tragique; Sénèque n'a pas compris l'originalité de son rôle; le pontife est tout ordinaire; quant à Caïus, nous lui ferons un reproche tout contraire, c'est de sentir trop vivement. Caïus est toujours de plusieurs tons trop haut; quand il faut élever la voix, il crie; se désespérer, il bat la campagne; animer son jeu, il a des attaques de nerfs. Il a besoin de se modérer.

Quoi qu'il en soit, Agrippine a été fort bien accueillie, et elle devait l'être. Le meilleur et le plus juste éloge que nous puissions en faire, c'est de conseiller aux amis de l'art dramatique, non pas seulement de l'aller voir, mais de la lire.

Eugène FORQUERAY.

www.ingramcontent.com/pod-product-compliance
Ingram Content Group UK Ltd.
Pitfield, Milton Keynes, MK11 3LW, UK
UKHW021035220726
13924UKWH00001B/321

9 782019 925673